Georg Rönnau
Projekt Fe^{h}ler Tä^{e}ufel
Unerwartetes Ferienende

AF201352

Projekt Fe^{h}ler Tä^{e}ufel

Unerwartetes Ferienende!

Autor: Georg Rönnau

Bibliografische Information der Deutschen
Nationalbibliothek:

Die Deutsche Nationalbibliothek verzeichnet
diese Publikation in der Deutschen Nationalbi-
bliografie; detaillierte bibliografische Daten
sind im Internet über dnb.dnb.de abrufbar.

Herstellung und Verlag:

BoD – Books on Demand, Norderstedt

ISBN: 9783748103479

Tom und Stephan haben ihre Ferien auf Amrum zu Ende und gehen an Bord der Fähre. Sie haben bei Ihrem Onkel, auf Amrum Urlaub gemacht. Betrübt sehen sie sich an, schade, das unser Urlaub schon zu Ende ist, der war doch so supertoll. Ja schade, aber es war schön, und in den nächsten Ferien kommen wir ja wieder.

An Deck stellen sie Ihr Gepäck ab, und gehen auf dem Oberdeck. Stephan, lass uns das Beladen der Autos beobachten. So gehen sie an Backbord und beobachten die einfahrenden Autos. Lachen sagt Stephan: „Wie ist den das Wohnmobil beladen, man das ist ja chaotisch. Der Sonntagsfahrer da hat ja beinahe seinen Spiegel abgefahren."

Begeistert: Du ist das nicht der Gerätewagen vom Filmteam? Klar, das ist er. Weist du noch, wie wir beim Rettungstauchen mitgemacht haben? Wir wahren zwar nur Statisten die Rettungstaucher darstellten, aber es hat großen Spaß gemacht. Tom blickte Nachdenklich: Ja und wie fandest du den Untergang des Schiffes, war er nicht zu gestellt? Ja, aber es sollte doch besonders dramatisch wirken. Ich habe gehört, das sie den Film noch nacharbeiten werden und einen starken Sturm dazu einspielen. Es war zwar stürmisch, aber so schlimm das dabei ein Schiff untergeht, war es noch lange nicht.

Las uns runter zum Filmteam gehen, vielleicht bekommen wir ja mit, wie der Film ausgeht, das wurde ja leider schon vorher im Studio gedreht.

Er sagte vergnügt, gut, das der Film oft bei uns in der Nähe gedreht wurde, so konnten wir viel vom spannenden Film mitbekommen. Weist du noch, wie der Helmut ins Wasser gesprungen ist, das war toll, ganz oben von der Kanzel ins flache Wasser. Nicht ganz ungefährlich, aber für einen Standmann kein Problem.

„Der Film handelt von einem Schiffsunglück vor der Insel und der dramatischen Rettung bei Sturm. Das Schiff wurde nach den Dreharbeiten unter unerwarteten Schwierigkeiten aufwendig geborgen, was zu einer Zeitverzögerung führte. Es war doch spannend, wie sie nach Beendigung der Dreharbeiten das Schiff wieder bergen mussten. Gar nicht so einfach, bei den Bedingungen. Das Wasser war gerade so tief, dass das Schiff nicht mehr zu sehen war. Bei so einem flachen Wasser konnte kein Kran benutzt werden, auch kein Bergungsschiff war in der Lage, nahe genug heranzukommen, um es zu heben. So mussten aufblasbare Schwimmer angebracht und aufgepumpt werden. Dann wurde das Schiff leergepumpt und abgeschleppt, das war aufregend.“

Beim Filmteam angekommen sehen sie zwei Mädchen, ungefähr in ihren Alter. Die wahren auch immer dabei, kamen aber nur mit den mit den Stars und dem Regisseur zusammen. Der hat aufgepasst, wie ein Hund das denen keiner zu nahe kam. Als wir mal mit ihnen über den Film sprechen wollten, ist der Regisseur aber ganz schnell dazwischen gegangen und hat furchtbar geschimpft.

Da sind wir aber schnell verschwunden, wir hatten angst, der hätte uns sonst glatt rausgeworfen. Ja das war blöd, die Mädchen sehen doch klasse aus, hätte sie gerne kennengelernt. Ich auch, die scheinen ganz schüchtern zu sein, so ängstlich, wie die aussehen.

Da treffen sie den Kameramann Gregor und unterhalten sich mit ihm und fragen ihn ob er weiß wer die Mädchen sind. Der lacht, das sind die Töchter vom Regisseur, der lässt keinen an sie ran. Sind arm dran, und Spaß am Film, haben die bestimmt nicht. Tom und Stephan sind neugierig, wie der Film ausgeht.

Da sieht der Regisseur sie und schimpft verärgert, Gregor du hast ihnen doch nichts erzählt. Er sieht sie böse an, hier habt ihr nichts zu suchen, verschwindet. Das Ende des Films könnt ihr im Kino sehen, ihr kennt doch jetzt schon viel zu viel. Erzählt bloß nichts alles euren Freunden, was ihr vom Film mitbekommen habt, das verbiete ich euch ausdrücklich. Er lässt sie wegführen und ruft ihnen verärgert nach, das ihr mir bloß die schnauzte haltet, verstanden. Hier haben Fremde nichts zu suchen.

„Das Filmteam will unter sich mit einigen bekannten Persönlichkeiten und den Reportern bleiben."

Sie ärgern sich, gehen aber dann doch zurück zum Oberdeck, wo sie sich weiter über den Film unterhalten. Als sie dabei die Gegend ansehen, kommt ihnen etwas komisch vor.

Sie sehen, das sie in einen Schaumteppich fahren und wundern sich. Was ist den da los? Als sie dann in den Schaum kommen, neigt sich das Schiff, erst langsam vorne und sich dann langsam ganz absenkt. Sie sehen sich erstaunt an und fragen sich, was da vorgeht. Dann lehnen sich über Bord und sehen erschrocken, wie tief das Schiff schon im Wasser ist. Tom sieht zur Brücke und stellt fest das einige dort aufgeregt aus denn Fenster schauen. Die Geschwindigkeit des Schiffes lässt dabei immer mehr nach, trotz das der Antrieb immer schneller läuft. Das Schiff versucht seine Richtung zu ändern, um aus dem Schaummeer heraus zu kommen, aber es gehorcht nicht mehr dem Steuerruder. Mir kommt es so vor, als wenn das Schiff kleiner geworden ist. Verwirrt sehen sie wieder über Bord nach unten. Sie wunderten sich, dass das Schiff so viel tiefer im Wasser liegt als sonst. Erstaunt sehen sie sich an und fragen sich, geht gerade das Schiff unter und wir erleben ein neues Abenteuer.

Blödsinn, das kann nicht sein. Sie lachen und sehen zur Brücke, dort ist eine ungewöhnliche Hektik. Dabei lässt die Geschwindigkeit weiter nach und das Schiff sinkt immer mehr ab. Sie bleiben fast stehen, da erfolgt ein Aufruf des Kapitäns, alle Mann zu einer Rettungsübung ans Oberdeck. Einige murren, werden aber von der Mannschaft nach oben gedrängt. Besonders schwierig ist es bei einer Gruppe von Rollstuhlfahrern, sie müssen von der Mannschaft einzeln nach oben getragen werden und die Rollstühle so weit sie tragbar sind hinterher. Einer will seinen Elektrorollstuhl nicht verlassen und meutert, wird aber nach einiger Zeit, unter großem Gemecker, von ihm und den Passagieren doch nach oben gebracht. Die schweren Elektrorollstühle werden danach mit einer Seilwinde nach oben gezogen. Wegen einer Übung so einen Aufwand, das verstehen einige Passagiere nicht.

Dass es keine Übung ist, sondern ein Ernstfall, erkennen die wenigsten und die bleiben ruhig um keine Panik auszulösen. Da kommt eine durchsage: „Wie ihr gesehen habt, ist so eine Rettungsübung lange überfällig, jetzt wissen wir, wie wir unsere Sicherheit noch verbessern können."

Unauffällig wird erst mal ein Rettungsboot herabgelassen, aber das geht sofort unter. Dummerweise sehen das einige Passagiere und es geht ein großes Geschrei los. Viele bekommen Angst, das sie gleich ertrinken. Daraufhin versucht der Kapitän sie zu beruhigen, und macht eine weitere Durchsage.

Uns kann hier oben nicht viel passieren, das Wasser ist nicht so tief, wir sinken höchstens um zwei bis drei Meter. Also kommt das Wasser nicht bis hier, nur die Fahrzeuge bekommen im schlimmsten Fall etwas Wasser ab. Für die Schäden daran kommt dann die Rederei auf.

Ich habe das Schiff kontrollieren lassen, ob ihr es glaubt oder nicht, es ist dicht, es dringt nirgendwo Wasser ein. Die Seenotrettung ist schon informiert und kommt so schnell wie möglich. Keiner versteht, wie ein Schiff langsam sinken kann, ohne dass irgendwo Wasser eindringt.

Tom und Stephan sehen gebannt zu, was ist hier los? Warum steigt das Wasser am Schiff immer höher, das Schiff sinkt tatsächlich. Die meisten des Filmteams mit ihren Gästen kommen ins Führerhaus, nur die einfachen Mitarbeiter kommen zu den anderen aufs Oberdeck.

Die Reporter interessieren sich jetzt nicht mehr für den Film, was hier abläuft, ist viel spannender.

Das Wasser steigt und steigt, bald wird das Autodeck überflutet und langsam begreifen die alle, dass es ernst wird, doch der Kapitän beruhigt sie nochmal. Das Wasser ist hier nicht so tief das Wir ganz untergehen und die Seenotrettung ist schon in Sichtweite.

Bald steht das Autodeck so tief unter Wasser, das die Pkws bis über das Dach unter Wasser stehen.

Der Regisseur gerät in Panik, das kostbare Filmmaterial, wenn das verloren geht, ist die ganze Arbeit umsonst gewesen und viel Geld verloren. Der Film kann nicht mehr neu gedreht werden. Er stürmt auf das Autodeck, wo ihm das Wasser fast bis zum Hals geht. Nach kurzer Zeit kippt er um und geht unter.

Tom und Stephan sehen das, rennen rasch zu ihrer Taucherausrüstung, nehmen die Flaschen, ziehen sich aus und machen sich schnellstens zum Tauchen bereit. Sie denken ein Glück, das noch genug Sauerstoff drin ist. Dann stürzen sie zum Autodeck und zu dem Regisseur ins Wasser. Sie Tauchen und kurz danach sehen sie den Regisseur, wie er vor einem Auto liegt und sich nicht mehr regt. Schnell packen sie ihn und ziehen im aus dem Wasser zur Treppe hin, dort hilft ihnen der Stehwart.

Stefan ist dabei zurückgeblieben und zum Wagen des Filmteams getaucht. Dort sieht er im Regal ein Köfferchen liegen, das die Aufschrift des Films trägt. Er nimmt ihn an sich und taucht neben Tom auf.

Sie helfen, den Regisseur nach oben zu bringen. Den Koffer nimmt er mit. Mein Gott war das eine Aufregung. Tom und Stephan wird es übel, was keiner bemerkt. Sie erholen sich aber wieder schnell. Durch die Atemmaske haben sie nicht gemerkt, wie gefährlich die Rettung war.

Der Regisseur ist zum Glück nur bewusstlos. Er bekommt sofort Erste Hilfe aber das hilft nicht viel.

Der Kapitän geht zu ihnen und lobt sie. Sagt aber auch, dass es nicht ungefährlich war, ihn zu retten, sie hätten leicht von der Strömung abgetrieben werden können. Jetzt wagt es keiner mehr, auf das Autodeck zu gehen.

Tom und Stephan werden für ihre Heldentat von allen gelobt, was Ihnen nicht besonders gut gefällt, da sie es für selbstverständlich halten. Bei dem durcheinander hat Stephan vergessen vom Koffer zu erzählen und keiner hat auch darauf geachtet.

Sie legen die Sauerstofflachen ab und wollen an deck gehen, da bemerkt Tom den Koffer und fragt, „Was ist den das für ein Köfferchen, das gehört uns nicht." Stephan sieht in an und sagt: „Den hab ich aus den Filmwagen geholt, der Titel des Films steht darauf." Sie sehen sich an und beschließen, den müssen wir abgeben und gehen zum Kapitän. Aber sie werden nicht zu ihm gelassen, er hat jetzt keine Zeit heißt es. Dabei sehen sie das Er sich nur mit den Reportern unterhält, dafür hat er Zeit murren sie. So nehmen sie den Koffer wieder mit und stellen unter ihren Sachen. Da findet ihn kein unbefugter, denken sie.

Endlich kommt der Seenotrettungskreuzer und dazu ein Schiff der Küstenwache. Alle jubeln, wie es sich schnell nähert. Als es aber langsamer wird, fängt es auch an zu sinken. Er geht schnell längsseit und ein Arzt kommt an Bord, kurz danach sinkt auch der Rettungskreuzer. Die Besatzung kann sich gerade noch auf die Fähre retten. Da er nicht so groß ist, geht er ganz unter, nur noch die Spitze der Antenne sieht man aus dem Wasser ragen. Wie kann das nur passieren, alle stehen vor einem Rätsel. Als das die Retter der Küstenwache dies bemerken, drehen sie schnell bei und können gerade noch ins flachere Wasser fahren, wo es erstaunlicherweise nicht untergeht.

Die Fähre liegt jetzt leicht schräg auf Grund, aber es ist Ebbe und bald kommt die Flut, können bis dahin alle gerettet werden?

Die Rettungsmannschaft kümmert sich um den Regisseur. Sie sagen, das ist komisch, er macht den Eindruck als hätte er eine Vergiftung. Bei der Wiederbelebung kam kein Wasser aus der Lunge und dadurch ist klar, das Er nicht fast ertrunken ist. Sie wundern sich, woher das kommen kann.

Das Untergehen der Bote ist ein großes Rätsel, aber die Vergiftung auch, hängt das vielleicht zusammen. Was passiert jetzt, und wie können sie gerettet werden. Über 200 Menschen, wie kommen die von der Fähre an Land und wie geht es auf den Inseln weiter.

Die Möwen meiden das Wasser und fliegen davon, vollkommen ungewöhnlich, normalerweise umkreisen sie das Schiff und landen. Tote Fische tauchen immer wieder aus dem Wasser auf und sinken wieder ab, was sonst die Möwen anlockt. Aber jetzt halten sie sich fern, was auf eine Gefahr hinweist, nur welsche.

Einer wirft einen Rettungsring ins Wasser, auch der geht langsam unter, das kann doch nicht sein. Ein steht jedenfalls fest, man kann noch nicht einmal an Land schwimmen.

Da nähert sich ein Luftkissenfahrzeug. Tom und Stephan erkennen es wieder, es war auch beim Film und kommt dem Filmteam zu Hilfe. Als es anlegt, steigt das Filmteam schnell ein.

Da stehen plötzlich die beiden Mädel vor ihnen und strahlen sie an. Dann umarmen sie Stephan und Tom und sie bekommen einen herzhaften Kuss. Danke das ihr unsern Vater gerettet habt. Da kommt einer vom Filmteam und zehrt sie fort. Was soll der Scheiß, los schnell ins Bot, aber hopp, hopp.

Tom und Stephan sind zu verblüfft, um zu reagieren. Das war doch zu überraschend. Sie sehen sich strahlen an. Man, das war toll, schade das der Blödmann dazwischengekommen ist. Dafür hat sich die Rettung aber gelohnt. Ja klasse die beiden Mädels nur schade, die werden wir bestimmt nicht wieder sehen. Kannst du sie eigentlich unterscheiden, die sahen doch beide gleich aus. Wenn die nicht unterschiedliche Farben bei ihren Kleidern hätten, könnte das bestimmt keiner. Das sind bestimmt eineiige Zwillinge.

Das Filmteam ist an Bord und legt es sofort ab. Es fährt auf dem kürzesten Weg Richtung Festland. Die Passagiere sehen vor Schreck, dass auch das Luftkissenfahrzeug sehr tief im Wasser liegt und langsam weiter absinkt. Daher kommt es nicht weit, es sinkt ab und wird durch die Wasserberührung immer langsamer, bis es steht.

Die Leute darauf geraten in Panik, sie klettern auf das oberste Verdeck, winken und schreien um Hilfe. Es sinkt fast ganz unter, es ist aber zum Glück in flacherem Wasser gesungen und dadurch nicht ganz untergegangen.

Da kommt ein Rettungshubschrauber. Tom und Stephan sehen sich um und stellen fest, dass so viele Menschen auf dem Oberdeck sind, das der Hubschrauber hier unmöglich landen kann.

Als der Hubschrauber über sie ist, lässt sich ein Sanitäter ab. Die Tragbare mit dem verunglückten Regisseur wird herbeigebracht und mit dem Rettungssanitäter zum Hubschrauber hochgezogen. Dann fliegt der Hubschrauber zum Luftkissenfahrzeug und holt dort seine Töchter ab. Es zieht schlechtes Wetter auf, der Wind frischt auf und es fängt an zu regnen.

Tom und Stephan ziehen Ihren Taucheranzüge an, der schützt sie wenigstens vor dem Regen und einige Zeit auch vor der Kälte. Sie sehen sich um, als sie genau hinsehen, stellen sie fest, dass das Wasser viel stärker perlt als wie in einer Flasche Sekt oder Selters. Seltsam wie kann das den sein?

Du, das erinnert mich an einen Bericht vom Rätsel des Bermudadreiecks, dort hat man festgestellt, dass ein Schiff scheinbar ohne Grund sinkt, wenn das Wasser mit kleinen Gasperlen aufgeschäumt ist.

Das hat damit zu tun, dass dadurch der Auftrieb so stark verringert wird, dass das Wasser Gas Gemisch leichter ist als der Auftrieb des Schiffes. Wenn das stimmt, ist es kein wunder, dass wir sinken, allen Anschein nach strömt Gas durch das Wasser und verringert auch hier den Auftrieb. Sie freuen sich, das kann es sein. Los wir melden es dem Kapitän, vielleicht hilft ihm das. Aber sie kommen nicht zum Kapitän durch und werden von der Mannschaft nur ausgelacht.

Was machen wir jetzt, du wir können unsere Beobachtung doch per Handy ans Festland melden vielleicht begreift dort einer die Gefahr. Gesagt getan, aber es ist nicht leicht eine Verbindung zu bekommen, da viele Passagiere Telefonieren und die zuständigen Stellen nicht erreichbar sind.

Stephan, last uns unseren Onkel anrufen, der kennt uns und wird uns Helfen. Er kennt auch die zuständigen Leute auf der Insel und kann die Information dadurch besser vermitteln.

Gesagt getan, auch der Onkel versteht nicht

direkt. Aber nach einigen Erklärungen begreift er was passiert und informiert die zuständigen Leute und zusätzlich die Presse, damit die Information auch nicht verloren geht.

Tom und Stephan erzählen Ihre Beobachtung auch an Bord und immer mehr Leute stimmen Ihnen zu, aber wie kann das Weiterhelfen?

Die Nachricht kommt endlich beim Kapitän an, das ein andere dafür die Lorbeeren einheimst hat ärgert sie, aber was sollen sie machen. Jetzt werden Pläne geschmiedet, zuerst einmal werden Planen auf dem Oberdeck befestigt das die Passagiere den Regen und den anrollenden Sturm besser trotzen zu können.

Jetzt sitzen wir wenigstens mehr im Trockenen, aber wie geht es weiter. Das Festland ist zu weit weg und bei dem Sturm können keine Hubschrauber mehr fliegen, um die Menschen zu retten.

Der Kapitän gibt durch das Wir ausharren müssen, bis der Sturm nachlässt. In der Zwischenzeit wird die Rettung vorbereitet und genügend Hubschrauber bereitgestellt. Ein nicht ganz Leichtes unterfangen, besonders die kleinen Kinder, Frauen, Alten und die Rollstuhlfahrer sind das Problem. Nicht alle können im Trockenen sitzen. Der Kapitän ruft daher alle Frauen und Kinder mit Tom und Stephan, so wie die Kranken zu sich in die Kabine. Damit sie wenigstens nicht den Sturm so ausgesetzt sind.

Die Mannschaft wird zwischen den Passagieren verteilt, um für Ordnung zu sorgen und im Notfall zu helfen. Alle geschützten Bereiche werden abwechselnd benutzt und die Passagiere mit Geschichten, kleinen Anekdoten und Informationen abgelenkt.

Endlich der Sturm lässt nach und die ersten Hubschrauber kommen. Mit dem ersten Hubschrauber kommen Wissenschaftler die Proben entnehmen und Messungen vornehmen.

Der Hubschrauber nimmt die ersten Passagiere mit. Frauen mit ihren kleinen Kindern werden in großen Körben zu den Hubschraubern hochgezogen und an Land gebracht. Tom und Stephan halten sich zurück, sie wollen doch mitbekommen, was noch alles passiert. Keiner beachtet sie, jeder sieht als Erster nach sich und den Seinigen.

Als die Rollstuhlfahrer verladen werden sollen weigern sie sich und sagen: „Wir möchten die Letzten sein, wir wissen, wie schwer das Leben ist, und wünschen allen eine gute Heimreise." Ihr Wunsch wird erfüllt und andere Passagiere kommen an der Reihe.

Die Mannschaft baut Bänke ab, um genug Platz für die Landung der Hubschrauber zu schaffen. Dann landen die Hubschrauber im wechsel und die

Passagiere steigen teilweise panikartig ein. Die Mannschaft schafft es nur mit mühe, für Ordnung zu sorge und das in die Hubschrauber nicht zu viele Menschen einsteigen.

Nicht ganz einfach, da sich einige immer vordrängen, und keine Rücksicht auf die Anderen nehmen wollen.

Einige Passagiere haben Radios an, und sie hören mit schrecken die Nachricht von Ihrem Unglück. Es ist durchgesickert, warum die Schiffe untergehen, aber es wird heftig von den Firmen heftig bestritten, dass ausströmende Kohlensäure die Ursache ist. Dabei strömt Kohlensäure in größeren Mengen durch den Untergrund aus und verursacht die feinen Blasen, wodurch auf unbekannte Zeit kein Schiff mehr diese Seerute befahren kann und Fische und andere Meerestiere sterben.

Wie viel Kohlensäure hier aus austritt weiß keiner, aber es reicht sehr wahrscheinlich für viele Jahre und zerstören die Umwelt derart das kein Mensch mehr auf den Inseln und hier am Meer leben kann. Die Folgen sind verheerend denken Tom und Stephan, nicht nur die Natur sonder die Gesundheit der Menschen in so einem Maße zu gefährden war verantwortungslos.

Keiner will wissen, wie so etwas passieren kann. Es kursieren Gerüchte, das bei der Ölförderung CO_2 in den Boden gebracht worden ist, um eine bessere

Ausbeute zu erzielen. Da CO_2 sich in Verbindung mit Wasser zu Kohlensäure umwandelt ist das eine der Möglichkeiten. Wenn das wahr ist, sieht es schlimm aus, da bisher keiner wirklich weiß wie fiel es wirklich ist und wann es versiegt.

So lehrt sich das Schiff. Tom und Stephan kommen noch vor den Rollstuhlfahrern an der Reihe. Dabei hätten sie doch gerne gesehen, wie sie gerettet werden. Aber es ist nichts zu machen, sie müssen mit. So kommen sie an Land, wo sie schon von ihren Eltern erwartet werden.

Sie sind überrascht, wieso seit ihr den hier. Wir haben vom Onkel erfahren, dass ihr auf der Fähre seid und uns daher sofort beeilt hierher zu kommen. Wir haben uns große Sorgen um euch gemacht, und schließen sie glücklich in die Arme.

„Die Menschen auf dem Luftkissenboot werden zuletzt gerettet. Die Rettungsmannschaft ärgert sich über die Selbstsucht des Filmteams und rettet sie, da sie später in Seenot gekommen sind danach."

Sie gehen erst mal ins nächste Restaurant. Dort essen sie ein prächtiges Mahl. Stephan hat nur den kleinen Koffer der Filmsegelschaft mitnehmen können, mehr konnten sie nicht mitnehmen. Alle ihre Sachen mit der Taucherausrüstung sind noch an Bord. Die Eltern trösten sie: „Macht euch keine Sorgen, das ist alles ersetzbar, wichtig ist doch nur, dass ihr wieder wohlbehalten an Land bei uns seid." Sie sehen sich glücklich an und nicken, da habt ihr Recht, und wenn im Koffer wirklich der Film ist, bekommen wir sicher eine Belohnung. Mit der können wir bestimmt alles ersetzen, wenn nicht sogar noch was überbleibt.

So unterhalten sie sich beim Essen noch lange mit ihren Eltern und erzählen ihre Erlebnisse. Manchmal bringen sie dabei doch etwas durcheinander, aber korrigieren sich gegenseitig dabei immer wieder. Die Eltern blicken bald nicht mehr durch, lassen sie aber weiter erzählen und schauen sie glücklich an. Dabei denken sie, die haben bei allem was sie da getan haben doch noch mal viel Glück gehabt. Aber die Übersicht bei al den durcheinander haben sie doch behalten. Bei der Erzählung zittern die Eltern ganz schön mit, sie haben dabei Angst um sie, auch wenn sie wissen das ihnen nichts Schlimmes passiert ist.

Da kommt Gregor zu ihnen und bedankt sich für die Rettung des Regisseurs, dabei bemerkt er den Koffer mit dem Filmtitel. Er zeigt darauf uns sagt scherzhaft, der sieht ja genau so aus wie unser Koffer mit den Filmen.

Stephan grinst in an, das ist euer Koffer, ich habe ihn aus euren Wagen gerettet. Gregor sieht in erstaunt an: „Behaltet ihn erst mal, der Regisseur ist, stinke sauer auf euch. Er glaubt immer noch, er hätte den Film retten können, aber ich weiß, dass er dazu keine Möglichkeit mehr gehabt hätte."

Ihr habt ihn sein Leben gerettet, das will er aber nicht einsehen. Für ihn ist der Film wichtiger als alles andere. Ich rede mit dem Filmproduzenten, der wird euch bestimmt für eure Heldentat belohnen.

Tom und Stephan sind verlegen, sie fühlen sich doch gar nicht als Helden und winken bescheiden ab. Gregor lächelt sie an, ihr seid Helden, ob ihr wollt oder nicht. Zu den Eltern blickend, gebt mir bitte eure Adresse, damit wir den Koffer später bei euch abholen können. Es ist besser ihn nicht jetzt abzugeben, sonst bekommt ihr bestimmt keine Belohnung, weil die es als selbstverständlich ansehen, dass ihr ihn gerettet habt. Zeigt ihn aber keinen und tragt in so, dass keiner die Schrift sieht. So sagen sie ihm ihre Adresse und er schreibt sie sich in sein Notizbuch. Dabei grinst er sie an, könnt ihr mir beide nicht noch ein Autogramm in mein Notizbuch bei eurer Adresse geben.

Sie strahlen ihn an, natürlich und sie unterschreiben beide sofort. Die Eltern sehen ihn verlegen an und fragen, warum er ihre Unterschrift möchte. Eure Kinder werden durch die Rettung bestimmt berühmt und ich sammle Unterschriften berühmter Menschen. Ich habe schon viele Hunderte von allen möglichen Menschen, besonders viele natürlich von Schauspielern. Was ja nicht ausbleibt, bei meiner Arbeit.

Sie unterhalten sich noch und er erzählt ihnen, zu

ihrer Freude, noch in Kurzform das Ende des Films. Das habt ihr euch redlich verdient, aber verratet bitte niemanden etwas davon. Sie versprechen es hoch und heilig und keiner hat je von ihnen darüber ein Sterbenswörtchen erfahren, und so erfahrt ihr es auch nicht.

Nach dem Essen fahren sie sofort Richtung Heimat, übernachten aber noch zwischendurch in ein Hotel in einem kleinen gemütlichen Ort auf der Strecke. Am Abend sehen sie in den Nachrichten einen Bericht über das Fährunglück an.

Am nächsten Tag stehen noch einige ausführliche Berichte in der Zeitung, die sie mit Begeisterung lesen. Dabei wird am Rande erwähnt, dass der Regisseur, der auf Amrum einen neuen Film gedreht hat, von zwei Jugendlichen gerettet worden ist. Sie sind froh dass nicht noch mehr von ihrer Tat und besonders von ihnen berichtet worden ist. Gut, das die Reporter nicht wissen, wer es getan hat, wir mögen nicht gerne als Held gefeiert werden.

Als sie ein paar Tage später in die Schule kommen, werden sie von ihren Schulkameraden gefragt, ob sie mehr von dem Fährunglück wissen. Da sie nicht lügen wollen, erzählen sie das Sie auf dem verunglückten Schiff waren, aber nicht das Sie die beiden Jugendlichen waren, die den Regisseur gerettet haben.

Das erzählen sie erst, als sie vom Lehrer direkt

gefragt werden, wer den die Retter waren. Da wurden sie verlegen, ihnen blieb ihnen nichts anders über als zu sagen das sie es waren. Sie wurden daraufhin bejubelt und mussten alles ausführlich erzählen. Das war ihnen erst peinlich, aber nachher hat es ihnen Spaß gemacht, im Mittelpunkt zu stehen. Sie waren froh, als sie wieder zuhause waren und dort ihre Ruhe vor den Klassenkameraden hatten.

Auch in den nächsten Tage wurden sie nicht in ruhe gelassen und mussten ihre Erlebnisse immer und immer wieder erzählen. Dabei waren sie höllisch auf der Hut, sich nichts zu verplappern und etwas über den Koffer mit dem Film zu reden.

Als sie nach ein paar Tagen nach Hause kommen erwartet sie eine große Überraschung, um Flur stehen zwei funkelnagelneue Taucheranzüge mit der modernsten Ausrüstung, die es gibt. Sie staunen nicht schlecht, da geht die Wohnzimmertür auf und ihre Eltern bitten sie hereinzukommen. Ihr habt Besuch, wollt ihr sie nicht begrüßen.

Sie betreten das Wohnzimmer und sehen Gregor mit einem fremden Mann dort sitzen. Der Fremde ist sehr elegant gekleidet und macht einen tollen Eindruck. Da werden sie von hinten umarmt und sie fühlen das sich ein Mädchen fest an sie drückt. Ganz verblüfft stehen sie dar und können sich kaum rühren. Gregor sagt: „Lasst sie doch los, sonst können sie euch doch nicht richtig begrüßen. Da werden sie losgelassen und sie drehen sich erfreut um. Damit haben sie nicht gerechnet und da gibt es erst wieder einen herzhaften Kuss, den sie mit Freuden erwidern.

Gregor und der Fremde stehen auf und Gregor stellt ihnen die Mädchen und den Fremden vor. Dabei halten sie die Mädels immer noch im Arm.

Er ist der Filmproduzent. Er reicht ihnen die Hand und bedankt sich bei ihnen für alles. Sie werden rot, freuen sich aber über den Dank. Dann holt Stephan den Koffer und überreicht ihn den Filmproduzenten. Der bedankt sich noch mal und öffnet ihn. Alle sehen hinein und siehe da es ist der richtige Koffer mit dem Film und was noch besser ist, der Koffer ist wasserdicht und der Inhalt hat dadurch alles gut überstanden.

Alle freuen sich das hat ja ein gutes Ende gefunden. Tom fragt, wie geht es eigentlich dem Regisseur? Der Filmproduzent grinst, schön das ihr euch nach ihm erkundigt, er verflucht euch zwar immer noch, aber sonst geht es ihm wieder prächtig und arbeitet schon am nächsten Film.

Da fragt er sie überraschend: "Erzählt mal den Unfall aus eurer Sicht, ich bin gespannt, wie ihr ihn erlebt habt". Ich möchte dabei eure Erzählung aufnehmen, um auch ja nichts zu vergessen. Sie sehen sich an, sollen wir das wirklich vor laufender Kamera erzählen.

Nein natürlich nicht, im Hintergrund steht ein Tonaufnahmegerät, mit dem die Aufnahme gemacht werden soll. Sie sehen sich und die Mädchen fragend an. Die Mädchen nicken heftig und muntern sie fröhlich auf. Wir möchten auch hören, was ihr erlebt habt. Da stimmen grinsend zu. Das ist doch was ganz anderes, denken sie. Es ist doch genau so, als wenn sie es ihren Klassenkameraden erzählen. Sie setzen sich hin, die Mädels an ihrer Seite.

So berichten sie alles aus ihrer Sicht, wobei sie sich immer wieder ins Wort fallen, weil ihnen Dinge einfallen, die sie vorher vergessen haben. Ein ganz schönes Durcheinander, aber sie sind dabei nun mal ganz nervös. So vor fremden Erwachsenen ist das doch ganz anderes, als vor den Klassenkameraden.

Der Filmproduzent muntert sie immer wieder auf, und wenn sie nicht mehr weiter wissen, stellt er Fragen zum Geschehen. Das dauert lange, und als ihnen wirklich nichts Neues mehr einfällt, ruft ihre Mutter sie zum Essen.

Die Besucher sind selbstverständlich auch eingeladen. Alle setzen sich am Essenstisch und dort wird von den Filmleuten, die eine oder andere Geschichte oder Panne erzählt, die so während eines Films passiert ist. Dabei strahlen sie die Mädchen an und sind glücklich.

Nach dem essen sieht der Filmproduzent sie an, und fragt sie. Ich glaube euer Erlebnis ist Filmreif, dürfen wir sie für einen Film verwenden? Sie sehen sich an, warum nicht denken sie, aber so durcheinander wie sie erzählt haben ist das wirklich kein guter Film und das sagen sie auch. Da lächeln die Filmleute und sagen, da macht euch mal keine Sorgen, wir geben den Bericht einen Filmautor und bitten ihn daraus einen möglichst getreuen Film nach eurer Erzählung zu machen. Natürlich ohne große Änderungen, die sind glaube ich auch nicht nötig. Sie sehen sich und dann die Eltern an. Die Eltern nicken und so stimmen sie zu.

Ich hab da noch eine Idee, wie wäre es, wenn ihr beim Film mitmacht und euch selber spielt. Die Namen im Film werden natürlich verändert. Wie mir Gregor erzählt hat, seid ihr gar nicht so schlecht. Als Statisten habt ihr bei ihm wohl einen guten Eindruck hinterlasse, und so wie ihr ausseht, werden die Mädchen euch begeistert umarmen wolle. Ihr werdet damit bestimmt in die Geschichte des Films eingehen. Die Mädchen strahlen, das ist toll, da haben wir ja die Möglichkeit, uns jeden Tag zu sehen.

Ihre Eltern lehnen entsetzt ab, zuerst müssen sie ihre Schule zu Ende machen, dann können sie das tun. Der Produzent beruhigt sie, die Schule ist wichtig und die müssen sie auch Beenden, wir müssen den Film auch erst vorbereiten und dann drehen wir ihn. Dabei bekommen sie von einem guten Privatlehrer Unterricht, und ich glaube die werden danach bessere Schüler sein als jetzt. So im Privatunterricht kann der Lehrer ja viel besser auf ihre Schwächen eingehen, und besonders ihre Stärken fördern.

Nach einigen hin und her stimmen die Eltern zu und es wird direkt ein Vertrag gemacht. Tom und Stephan freuen sich, nur das Sie vorläufig keinem davon Erzählen sollen wurmt sie.

Es dauert dann nicht mehr lange da bricht der Filmproduzent Gregor und die Mädchen auf, dabei sehen sie traurig aus. Es wird noch ein langer Abend die mit vielen Erzählungen angereichert ist. Am anderen Morgen kommen sie ganz verschlafen zur Schule, nur zu blöd, heute schreiben sie eine Deutscharbeit. Die geht bestimmt in die Hose, denken sie.

Doch sie haben Glück, sie müssen einen Kommentar über einen aktuellen Zeitungsartikel schreiben, den sie sich aussuchen können. Sie nehme einen der über das selbst erlebte Fährunglück berichtet. Das kennen sie ja aus eigener Erfahrung und können daher, trotz ihrer Müdigkeit eine ausgezeichnete Arbeit abliefern.

Von ihrem Erlebnis mit den beiden Mädchen erfährt keiner in der Schule etwas, das ist ihr ganz privates Geheimnis.

24

Dabei haben sie jeden Tag Kontakt mit den Mädels, entweder telefonieren sie ausgiebig, schicken sich E-Mails und SMS. Eine traumhaft schöne Zeit beginnt und sie strengen sich jetzt in der Schule besonders an. Denn sie wissen jetzt das Sie ein Ziel haben und dafür lohnt es sich.

Nachwort:

Das Ziel vom Projekt „Feler Täufel" ist es den Legas-
thenikern Mut zu machen und den Menschen zu zei-
gen, das sie auch gute Geschichten schreiben können. Legastheniker zu sein bedeutet, es Fehlt die
Begabung richtig zu Schreiben. Jeder Mensch hat
stärken und schwächen. Legasthenie ist nichts
Anderes als eine Begabungsschwäche, wie jede
andere auch. Keiner kann alles gleich gut.

© Georg Rönnau 2017

EMail: georg@kreativzeitnetz.de

www.kreativzeitnetz.info

Weitere Geschichten zum Projekt Feler Täufel

So ein Pech

Als Peter mit seinen Eltern von einem Besuch bei seinem Onkel nachhause kommt ist bei ihnen eingebrochen worden. Zu seinem entsetzen stellt er fest das sein Laptop gestohlen worden ist. Und da ist doch seine Präsentation für die Schule drauf, die er bald abgeben muss. Das gibt aber Ärger mit seinem Lehrer. Da der Lehrer ihm auf dem Kieker hat, kann er mit Sicherheit davon ausgehen, das er eine sehr schlechte Note bekommt wenn er sie nicht vorweisen kann. Das sein Laptop gestohlen worden ist sieht er doch nur als Ausrede. Was jetzt, denkt Peter und da hat er eine Idee.

Georg Rönnau

Spannende Osterzeit

Jo's Bruder geht wieder als Osterhase durch die Stadt, um Ostereier an Kinder zu verteilen.
Am nächsten Morgen wird er von der Polizei wegen Autodiebstahl Verhaftet. Das kann doch nicht sein denkt Jo und geht der Sache nach.

Georg Rönnau